The Magical Adventure of Maya and Golu

माया और गोलू का जादुई रोमांच

1

Once upon a time in a small village in India, there lived a curious and adventurous little girl named Maya. Maya had big dreams and a heart full of kindness. She loved exploring the lush green fields, listening to the birds sing, and playing with her animal friends. One day, Maya heard a faint cry coming from the nearby forest. Without a moment's hesitation, she followed the sound and discovered a tiny, injured baby elephant. The poor elephant had lost its way and was all alone. Maya's compassionate heart couldn't bear to see the baby elephant in distress, so she decided to take care of it. Maya named the baby elephant Golu and brought him to her home. She cleaned his wounds and fed him delicious fruits. Golu quickly grew fond of Maya and became her loyal companion. Together, they embarked on exciting adventures throughout the village.

2

एक बार भारत के एक छोटे से गाँव में, माया नाम की एक जिज्ञासु और साहसी छोटी लड़की रहती थी। माया के बड़े सपने थे और दया से भरा दिल। वह हरे-भरे खेतों की खोज करना, पक्षियों को गाना सुनना और अपने पशु मित्रों के साथ खेलना पसंद करती थी। एक दिन माया ने पास के जंगल से एक धीमी आवाज सुनी। एक पल की हिचकिचाहट के बिना, उसने आवाज का पीछा किया और एक छोटे, घायल हाथी के बच्चे को देखा। बेचारा हाथी रास्ता भटक गया था और बिलकुल अकेला था। माया का करुणामय हृदय हाथी के बच्चे को संकट में नहीं देख सकता था, इसलिए उसने उसकी देखभाल करने का फैसला किया। माया ने हाथी के बच्चे का नाम गोलू रखा और उसे अपने घर ले आई। उसने उसके घाव साफ किए और उसे स्वादिष्ट फल खिलाए। गोलू जल्दी ही माया का दीवाना हो गया और उसका वफादार साथी बन गया। साथ में, उन्होंने पूरे गाँव में रोमांचक कारनामों को अंजाम दिया।

3

One day, Maya overheard the villagers talking about a magical lake located deep inside the dense forest. Legend had it that anyone who swam in the lake would be granted a special wish. Maya's eyes sparkled with excitement, and she knew she had to find that lake. With Golu by her side, Maya ventured into the forest, following a winding path that led them deeper and deeper. Along the way, they encountered mischievous monkeys swinging from trees, colorful birds chirping melodies, and squirrels scampering about. Finally, after a long journey, Maya and Golu reached the magical lake. Maya took a deep breath and dove into the lake, making her wish from the bottom of her heart.

एक दिन माया ने ग्रामीणों को घने जंगल के अंदर स्थित एक जादुई झील के बारे में बात करते हुए सुना। किंवदंती यह थी कि जो कोई भी झील में तैरता है उसे एक विशेष इच्छा दी जाती है। माया की आँखें उत्साह से चमक उठीं, और वह जानती थी कि उसे वह झील खोजनी है। गोलू के साथ, माया ने जंगल में जाने का जोखिम उठाया, एक घुमावदार रास्ते का अनुसरण करते हुए जो उन्हें और गहरा करता गया। रास्ते में उनका सामना पेड़ों से झूलते नटखट बंदरों, रंग-बिरंगे पक्षियों की चहकती धुनों और गिलहरियों की चहचहाहट से हुआ। अंत में, एक लंबी यात्रा के बाद, माया और गोलू जादुई झील पर पहुँचे। माया ने एक गहरी सांस ली और अपने दिल की गहराई से अपनी इच्छा पूरी करते हुए झील में कूद गई।

To her astonishment, as Maya emerged from the water, she saw a majestic rainbow arcing across the sky. The forest seemed brighter, and a sense of joy filled the air. Maya had wished for happiness and harmony to spread throughout her village, and her wish had come true. News of Maya's wish spread like wildfire, and soon, people from neighboring villages came to witness the beauty and positivity that surrounded Maya's village. The villagers, inspired by Maya's selfless act, started caring for nature and animals, planting trees, and helping one another. And so, Maya and Golu's adventures taught everyone the importance of kindness, love for nature, and the power of making selfless wishes. From that day forward, the village thrived with happiness and became a shining example for others to follow.

उसके विस्मय के लिए, जैसे ही माया पानी से बाहर निकली, उसने आकाश में एक राजसी इंद्रधनुष देखा। जंगल उज्जवल लग रहा था, और आनंद की भावना हवा में भर गई। माया ने कामना की थी कि उसके गांव में सुख-शांति फैले, और उसकी इच्छा पूरी हुई। माया की इच्छा की खबर जंगल की आग की तरह फैल गई और जल्द ही, आस-पास के गांवों के लोग माया के गांव को घेरने वाली सुंदरता और सकारात्मकता के गवाह बन गए। माया के निस्वार्थ कार्य से प्रेरित होकर ग्रामीणों ने प्रकृति और जानवरों की देखभाल करना, पेड़ लगाना और एक दूसरे की मदद करना शुरू कर दिया। और इसलिए, माया और गोलू के कारनामों ने सभी को दया, प्रकृति के प्रति प्रेम और निःस्वार्थ इच्छाएं करने की शक्ति का महत्व सिखाया। उस दिन से गांव खुशियों से भर गया और दूसरों के अनुसरण के लिए एक चमकदार उदाहरण बन गया।

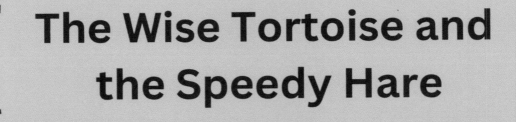

The Wise Tortoise and the Speedy Hare

समझदार कछुआ और
तेज-तर्रार खरगोश

9

Once upon a time, in a lush green forest, there lived a clever tortoise named Timmy and a speedy hare named Harry. Timmy was known for his wisdom and patience, while Harry was famous for his lightning-fast speed. One sunny day, Timmy and Harry decided to have a race to determine who was the fastest in the forest. All the animals gathered at the starting line to watch the exciting contest. As the race began, Harry dashed off like a bolt of lightning, leaving Timmy far behind. Confident in his speed, Harry decided to take a nap under a shady tree while waiting for Timmy to catch up. Meanwhile, Timmy continued to move at his slow and steady pace, not worrying about Harry's lead. Along the way, he greeted the flowers, talked to the birds, and enjoyed the beauty of the forest.

एक बार की बात है, हरे-भरे जंगल में, टिम्मी नाम का एक चतुर कछुआ और हैरी नाम का एक तेज-तर्रार खरगोश रहता था। टिम्मी अपनी बुद्धिमत्ता और धैर्य के लिए जाने जाते थे, जबकि हैरी अपनी तेज़ गति के लिए प्रसिद्ध थे। एक धूप वाले दिन, टिम्मी और हैरी ने यह निर्धारित करने के लिए दौड़ लगाने का फैसला किया कि जंगल में सबसे तेज़ कौन है। रोमांचक प्रतियोगिता देखने के लिए सभी जानवर स्टार्टिंग लाइन पर एकत्रित हुए। जैसे ही दौड़ शुरू हुई, हैरी बिजली की तरह दूर चला गया और टिम्मी को बहुत पीछे छोड़ गया। अपनी गति पर विश्वास करते हुए, हैरी ने टिम्मी को पकड़ने के लिए इंतजार करते हुए एक छायादार पेड़ के नीचे झपकी लेने का फैसला किया। इस बीच, टिम्मी ने हैरी की अगुवाई की चिंता किए बिना अपनी धीमी और स्थिर गति से चलना जारी रखा। रास्ते में उन्होंने फूलों का अभिवादन किया, पक्षियों से बातें कीं और जंगल की सुंदरता का आनंद लिया।

When Harry woke up from his nap, he realized Timmy was nowhere in sight. He thought he had plenty of time to relax, so he started to stroll lazily towards the finish line. As the animals saw Harry's leisurely approach, they grew disappointed. They believed that Harry's arrogance would lead to his downfall, and they cheered for Timmy to catch up. Just as Harry was about to reach the finish line, he heard the cheering of the animals growing louder and louder. He turned around to see Timmy slowly but surely approaching him. Timmy crossed the finish line, much to everyone's surprise and Harry's disbelief. The animals erupted in joy, congratulating Timmy for his victory. Harry realized that his overconfidence had cost him the race.

जब हैरी अपनी झपकी से जागा, तो उसने महसूस किया कि टिम्मी कहीं नजर नहीं आ रहा था। उसने सोचा कि उसके पास आराम करने के लिए बहुत समय है, इसलिए वह आलस्यपूर्वक फिनिश लाइन की ओर चलने लगा। जैसे ही जानवरों ने हैरी के इत्मीनान से दृष्टिकोण देखा, वे निराश हो गए। उनका मानना था कि हैरी का अहंकार उसके पतन का कारण बनेगा, और उन्होंने टिम्मी को पकड़ने के लिए खुशी मनाई। जैसे ही हैरी फिनिश लाइन पर पहुंचने ही वाला था, उसने जानवरों के चीयर-चीफ को जोर से और जोर से बढ़ते हुए सुना। वह टिम्मी को धीरे-धीरे देखने के लिए घूमा लेकिन निश्चित रूप से उसके पास आ रहा था। टिम्मी ने फिनिश लाइन पार कर ली, जिससे सभी को आश्चर्य हुआ और हैरी को विश्वास नहीं हुआ। टिम्मी को जीत की बधाई देते हुए जानवर खुशी से झूम उठे। हैरी को एहसास हुआ कि उसके अति आत्मविश्वास ने उसे दौड़ से बाहर कर दिया।

Reflecting on his mistake, Harry approached Timmy with admiration and said, "You may be slow, Timmy, but your wisdom and perseverance have triumphed over my speed. You have taught me an important lesson." From that day on, Harry learned the value of humility and not underestimating others. Timmy and Harry became the best of friends, always supporting and learning from each other.

The moral of the story is that slow and steady wins the race. It's not always about being the fastest or the strongest; patience, perseverance, and wisdom can lead to great success.

अपनी गलती पर विचार करते हुए, हैरी ने प्रशंसा के साथ टिम्मी से संपर्क किया और कहा, "आप धीमे हो सकते हैं, टिम्मी, लेकिन आपकी बुद्धि और दृढ़ता ने मेरी गति पर विजय प्राप्त की है। आपने मुझे एक महत्वपूर्ण सबक सिखाया है।" उस दिन से, हैरी ने विनम्रता का मूल्य सीखा और दूसरों को कम नहीं आंका। टिम्मी और हैरी सबसे अच्छे दोस्त बन गए, हमेशा एक दूसरे का समर्थन करते और सीखते रहे।

कहानी का नैतिक यह है कि धीमी और स्थिर दौड़ जीत जाती है। यह हमेशा सबसे तेज या सबसे मजबूत होने के बारे में नहीं है; धैर्य, दृढ़ता और ज्ञान से बड़ी सफलता मिल सकती है।

Sammy And
The Lost Acron

सैमी और खोया बलूत का फल

Once upon a time, in a lush green forest, there lived a curious little squirrel named Sammy. Sammy was known for his mischievous nature and love for adventure. One sunny day, as Sammy scampered through the treetops, he spotted a shiny acorn lying on the forest floor. Excitement filled his tiny heart as he imagined the fun he could have with it. Sammy couldn't resist the temptation and quickly picked up the acorn. But as he did, he heard a tiny voice coming from the acorn. To his surprise, it was a tiny ant named Andy. Andy explained that the acorn was his home, and he had been living in it for years. Feeling guilty, Sammy apologized to Andy for taking his home without thinking. He realized that he had made a mistake by being so impulsive and not considering the consequences of his actions. Determined to make things right, Sammy promised to help Andy find a new home.

एक बार की बात है, एक हरे-भरे जंगल में, सैमी नाम की एक जिज्ञासु छोटी गिलहरी रहती थी। सैमी अपने शरारती स्वभाव और रोमांच के लिए प्यार के लिए जाने जाते थे। एक धूप वाले दिन, जैसे ही सैमी पेड़ों की टहनियों से छटपटा रहा था, उसने जंगल के फर्श पर एक चमकदार बलूत का फल देखा। उत्साह ने उसके छोटे से दिल को भर दिया क्योंकि उसने कल्पना की कि वह इसके साथ क्या मज़ा कर सकता है। सैमी प्रलोभन का विरोध नहीं कर सका और जल्दी से बलूत का फल उठा लिया। लेकिन जैसा कि उसने किया, उसने बलूत से एक छोटी सी आवाज सुनी। उसके आश्चर्य करने के लिए, यह एंडी नाम की एक छोटी सी चींटी थी। एंडी ने समझाया कि बलूत का फल उसका घर था, और वह वर्षों से उसमें रह रहा था। दोषी महसूस करते हुए, सैमी ने बिना सोचे-समझे अपना घर ले जाने के लिए एंडी से माफी मांगी। उसने महसूस किया कि उसने इतना आवेगी होकर और अपने कार्यों के परिणामों पर विचार न करके गलती की थी। चीजों को ठीक करने के लिए प्रतिबद्ध, सैमी ने एंडी को एक नया घर खोजने में मदद करने का वादा किया।

Together, Sammy and Andy ventured through the forest, searching for a suitable place for Andy to live. They explored every nook and cranny, but nothing seemed quite right. Finally, they stumbled upon a majestic oak tree, with plenty of cozy nooks for Andy to settle in. Sammy carefully placed the acorn in a secure spot within the oak tree. Andy was overjoyed with his new home and expressed his gratitude to Sammy for his kindness. They had become good friends during their adventure and promised to always look out for each other. From that day forward, Sammy learned an important lesson about considering the feelings and needs of others. He understood that his actions could have unintended consequences and that it was essential to think before acting. Being impulsive can sometimes lead to unintentional harm. Taking the time to consider the consequences and being kind and considerate to others will lead to stronger friendships and a happier world for everyone.

साथ में, सैमी और एंडी ने जंगल के माध्यम से उद्यम किया, एंडी के रहने के लिए एक उपयुक्त जगह की तलाश की। उन्होंने हर नुक्कड़ पर छानबीन की, लेकिन कुछ भी ठीक नहीं लग रहा था। अंत में, वे एक राजसी ओक के पेड़ पर ठोकर खा गए, जिसमें एंडी के बसने के लिए बहुत सारे आरामदायक नुक्कड़ थे। सैमी ने सावधानी से बलूत के फल को ओक के पेड़ के भीतर एक सुरक्षित स्थान पर रख दिया। एंडी अपने नए घर से बहुत खुश था और उसने सैमी के प्रति उसकी दया के लिए आभार व्यक्त किया। वे अपने साहसिक कार्य के दौरान अच्छे दोस्त बन गए थे और हमेशा एक-दूसरे का ख्याल रखने का वादा किया था। उस दिन से, सैमी ने दूसरों की भावनाओं और ज़रूरतों पर विचार करने के बारे में एक महत्वपूर्ण सबक सीखा। वह समझ गया था कि उसके कार्यों के अनपेक्षित परिणाम हो सकते हैं और यह कि कार्य करने से पहले सोचना आवश्यक है। आवेगी होने से कभी-कभी अनजाने में नुकसान हो सकता है। परिणामों पर विचार करने के लिए समय निकालने और दूसरों के प्रति दयालु और विचारशील होने से सभी के लिए मजबूत दोस्ती और एक खुशहाल दुनिया बन जाएगी।

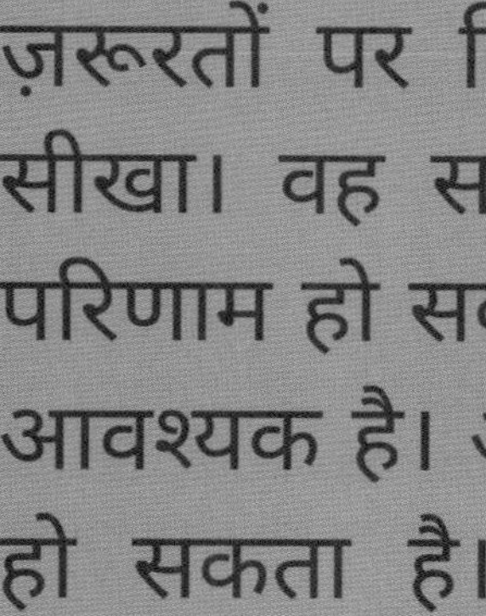

The Wise Tortoise and the Birds: A Tale of Unity and Kindness

समझदार कछुआ और पक्षी: एकता और दया की कहानी

Once upon a time, in a small village nestled among green hills, there lived a clever tortoise named Timothy. He was known for his wisdom and kindness. The village was home to various animals who lived together in harmony and helped one another in times of need. One sunny day, Timothy noticed a group of birds fluttering around in distress. Curious, he approached them and asked what was wrong. The birds explained that they were trying to build nests for their little ones but couldn't find any suitable twigs or leaves nearby. Timothy thought for a moment and then came up with a brilliant idea. He told the birds, "Dear friends, don't worry. I have a plan. Follow me!" The birds eagerly followed the tortoise as he led them to a nearby forest. Inside the forest, there was a tall tree with plenty of twigs and leaves scattered around its base. The birds were overjoyed, but there was one problem—they couldn't reach the twigs as they were too high.

एक बार की बात है, हरी-भरी पहाड़ियों के बीच बसे एक छोटे से गाँव में, टिमोथी नाम का एक चतुर कछुआ रहता था। वह अपनी बुद्धिमत्ता और दयालुता के लिए जाने जाते थे। गाँव विभिन्न जानवरों का घर था जो एक साथ रहते थे और जरूरत के समय एक दूसरे की मदद करते थे। एक धूप वाले दिन, तीमुथियुस ने पक्षियों के एक समूह को संकट में फड़फड़ाते हुए देखा। जिज्ञासु, वह उनके पास गया और पूछा कि क्या गलत है। पक्षियों ने बताया कि वे अपने छोटों के लिए घोंसला बनाने की कोशिश कर रहे थे, लेकिन उन्हें आस-पास कोई उपयुक्त टहनियाँ या पत्ते नहीं मिले। टिमोथी ने एक पल के लिए सोचा और फिर एक शानदार विचार आया। उसने पक्षियों से कहा, "प्यारे दोस्तों, चिंता मत करो। मेरे पास एक योजना है। मेरे पीछे आओ!" पक्षी उत्सुकता से कछुए का पीछा करते थे क्योंकि वह उन्हें पास के जंगल में ले जाता था। जंगल के अंदर, एक लंबा पेड़ था जिसके आधार के चारों ओर ढेर सारी टहनियाँ और पत्तियाँ बिखरी हुई थीं। पक्षी बहुत खुश थे, लेकिन एक समस्या थी - वे टहनियों तक नहीं पहुँच सकते थे क्योंकि वे बहुत ऊँचे थे।

Without hesitation, Timothy offered to help. He asked the birds to collect the twigs and leaves they needed and place them on his sturdy shell. As the birds gathered the materials, Timothy slowly walked out of the forest and carried them back to the village. All the animals in the village were amazed by Timothy's kindness and resourcefulness. They worked together to build nests for the birds using the materials collected. The birds were grateful and their little ones soon had cozy homes to grow and thrive in. Word of Timothy's selfless act spread throughout the animal kingdom, inspiring other animals to help one another. The moral of the story is that when we lend a helping hand to those in need, no matter how small or big, we create a world filled with kindness and compassion. Just like Timothy, we should always be ready to assist others and work together for the benefit of all.

टिमोथी ने बिना किसी हिचकिचाहट के मदद करने की पेशकश की। उसने पक्षियों से कहा कि वे अपनी ज़रूरत की टहनियाँ और पत्तियाँ इकट्ठा करें और उन्हें अपने मज़बूत खोल पर रखें। जैसे ही पक्षियों ने सामग्री एकत्र की, तीमुथियुस धीरे-धीरे जंगल से बाहर चला गया और उन्हें वापस गाँव ले गया। तीमुथियुस की दयालुता और कुशलता से गाँव के सभी जानवर चकित थे। उन्होंने एकत्रित सामग्री का उपयोग करके पक्षियों के लिए घोंसले बनाने के लिए मिलकर काम किया। पक्षी आभारी थे और उनके छोटे बच्चों के पास जल्द ही बढ़ने और बढ़ने के लिए आरामदायक घर थे। तीमुथियुस के निःस्वार्थ कार्य का प्रचार पूरे पशु साम्राज्य में फैल गया, अन्य जानवरों को एक दूसरे की मदद करने के लिए प्रेरित किया। कहानी का नैतिक यह है कि जब हम जरूरतमंदों की मदद करते हैं, चाहे वह कितना भी छोटा या बड़ा क्यों न हो, हम दया और करुणा से भरी दुनिया बनाते हैं। तीमुथियुस की तरह, हमें हमेशा दूसरों की सहायता करने और सभी के लाभ के लिए मिलकर काम करने के लिए तैयार रहना चाहिए।

The Enchanted Map: A Tale of Friendship and Treasure

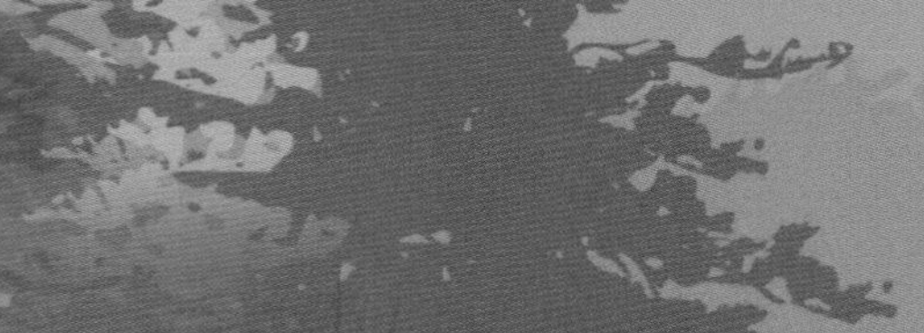

मंत्रमुग्ध नक्शा: दोस्ती और खजाने की कहानी

Once upon a time, in a magical forest far, far away, there lived a group of woodland animals who were the best of friends. There was Oliver the Owl, a wise and knowledgeable bird with big round eyes. Then there was Bella the Bunny, a playful and energetic rabbit with a fluffy white tail. And lastly, there was Sammy the Squirrel, a clever and nimble creature with a bushy tail. One sunny morning, as the three friends were exploring the forest, they stumbled upon a mysterious map hidden under a pile of leaves. The map had colorful markings and symbols, leading to a hidden treasure. Excited about their new adventure, Oliver, Bella, and Sammy decided to follow the map and uncover the treasure together. They journeyed through the forest, crossing rivers and climbing tall trees, always referring to the map for guidance. Along the way, they encountered various obstacles like a steep hill and a dense thicket.

एक बार की बात है, दूर एक जादुई जंगल में, जंगली जानवरों का एक समूह रहता था जो सबसे अच्छे दोस्त थे। वहाँ ओलिवर उल्लू था, जो बड़ी गोल आँखों वाला एक बुद्धिमान और ज्ञानी पक्षी था। फिर बेला द बनी, एक चंचल और ऊर्जावान खरगोश था जिसकी शराबी सफेद पूंछ थी। और अंत में, सैमी गिलहरी थी, एक झाड़ीदार पूंछ वाला एक चतुर और फुर्तीला प्राणी। एक धूप वाली सुबह, जब तीनों दोस्त जंगल की खोज कर रहे थे, वे पत्तों के ढेर के नीचे छिपे एक रहस्यमयी नक्शे पर ठोकर खा गए। नक्शे में रंगीन चिह्न और प्रतीक थे, जो एक छिपे हुए खजाने की ओर ले जाते थे। अपने नए रोमांच के बारे में उत्साहित, ओलिवर, बेला और सैमी ने नक्शे का अनुसरण करने और खजाने को एक साथ खोजने का फैसला किया। वे जंगल में यात्रा करते थे, नदियों को पार करते थे और ऊंचे पेड़ों पर चढ़ते थे, हमेशा मार्गदर्शन के लिए नक्शे का हवाला देते थे। रास्ते में, उन्हें कई बाधाओं का सामना करना पड़ा जैसे कि एक खड़ी पहाड़ी और घने जंगल.

As they ventured deeper into the forest, the friends noticed that the trees became taller and thicker, and the air grew cooler. Suddenly, they found themselves standing in front of an ancient stone door. The markings on the map indicated that the treasure was hidden behind the door. Oliver, using his wisdom, deciphered the riddles inscribed on the door. With a magical phrase, the door creaked open, revealing a hidden chamber filled with golden coins, sparkling gems, and precious artifacts. The treasure was more magnificent than they could have ever imagined! However, as they marveled at their discovery, a voice echoed through the chamber. It belonged to an old, wise tree spirit who had been guarding the treasure for centuries. The spirit thanked the friends for their bravery and teamwork and offered them each a special gift.

जैसे-जैसे वे जंगल में गहराई तक गए, दोस्तों ने देखा कि पेड़ लम्बे और घने हो गए हैं और हवा ठंडी हो गई है। अचानक, उन्होंने खुद को एक प्राचीन पत्थर के दरवाजे के सामने खड़ा पाया। मानचित्र पर चिह्नों ने संकेत दिया कि दरवाजे के पीछे खजाना छिपा हुआ था। ओलिवर ने अपनी बुद्धि का उपयोग करते हुए, दरवाजे पर खुदी हुई पहेलियों को समझ लिया। एक जादुई मुहावरे के साथ, दरवाजा चरमराते हुए खुला, सोने के सिक्कों, जगमगाते रत्नों और कीमती कलाकृतियों से भरे एक छिपे हुए कक्ष को प्रकट करते हुए। खजाना उनकी कल्पना से कहीं अधिक शानदार था! हालाँकि, जैसे ही वे अपनी खोज पर अचंभित हुए, चेंबर से एक आवाज़ गूँज उठी। यह एक बूढ़े, बुद्धिमान पेड़ की आत्मा का था जो सदियों से खजाने की रखवाली कर रहा था। भावना ने दोस्तों को उनकी बहादुरी और टीमवर्क के लिए धन्यवाद दिया और उन्हें एक विशेष उपहार की पेशकश की।

To Oliver, the wise owl, the tree spirit granted the ability to see into the future, so he could guide others with his knowledge. To Bella, the playful bunny, the spirit bestowed the gift of incredible speed, allowing her to outpace any challenge. And to Sammy, the clever squirrel, the spirit granted the power to communicate with all animals, fostering unity and understanding. With their newfound gifts, the friends thanked the spirit and bid farewell to the hidden treasure. They returned to their forest, sharing stories of their amazing adventure and using their gifts to help others. From that day forward, Oliver, Bella, and Sammy continued to be the best of friends, embarking on many more magical adventures. They taught others the importance of teamwork, wisdom, playfulness, and unity, spreading joy and happiness throughout the enchanted forest.

ओलिवर को, बुद्धिमान उल्लू, पेड़ की आत्मा ने भविष्य में देखने की क्षमता प्रदान की, ताकि वह अपने ज्ञान से दूसरों का मार्गदर्शन कर सके। बेला को, चंचल बनी, आत्मा ने अविश्वसनीय गति का उपहार दिया, जिससे वह किसी भी चुनौती को पार कर सके। और सैमी, चतुर गिलहरी, आत्मा ने सभी जानवरों के साथ संवाद करने की शक्ति दी, एकता और समझ को बढ़ावा दिया। अपने नए उपहारों के साथ, दोस्तों ने आत्मा को धन्यवाद दिया और छिपे खजाने को विदाई दी। वे अपने जंगल में लौट आए, अपने अद्भुत साहस की कहानियों को साझा करते हुए और दूसरों की मदद करने के लिए अपने उपहारों का उपयोग करते हुए। उस दिन से आगे, ओलिवर, बेला और सैमी सबसे अच्छे दोस्त बने रहे, कई और जादुई कारनामों की शुरुआत की। उन्होंने दूसरों को टीमवर्क, ज्ञान, चंचलता और एकता का महत्व सिखाया, मुग्ध वन में आनंद और खुशी फैलाई।

Printed in Great Britain
by Amazon

35898952R00021